DATE DUE

MAR 03		
GAYLORD		PRINTED IN U.S.A.

La caja de las carcajadas

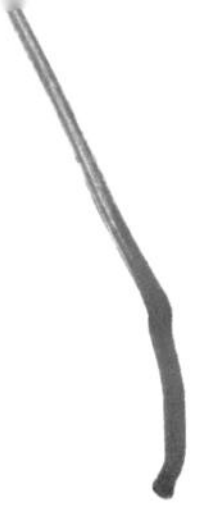

nicanitas

WWW.NICANITAS.COM

Sarmiento 2428 bis. · Of. 501
C.P. 11200 · Montevideo, Uruguay

ISBN 978-84-96448-30-8

Impreso en China · Printed in China

La caja de las carcajadas

Textos
Mariana Jäntti

Ilustraciones

Osvaldo P. Amelio-Ortiz

Andrea Rodríguez Vidal

Diseño Editorial

www.jan

Capítulo uno

La encontré una tarde fría y gris de otoño en una estación de tren.

Yo estaba sentada en un asiento del andén buscando distraerme un rato.
Trenes saliendo y llegando. Gente caminando, corriendo apurada, cansada.

Debajo del asiento estaba esta caja que sin querer golpeé con el talón
del pie. Me agaché.
Una caja pintada con colores muy alegres.
"¡Que bonita!", pensé y me estiré para tomarla.

Sorprendida por su peso, la arrastré hacia mí con las dos manos.
Miré a mi alrededor buscando a un posible dueño, pero no había nadie
que pareciera serlo.
Finalmente, la abrí con bastante dificultad.

Dentro de la caja había sonrisas, sí, así
como lo lees, sonrisas. Y muchas.

Mis ojos y oídos no pudieron dar crédito a lo que sucedió luego.

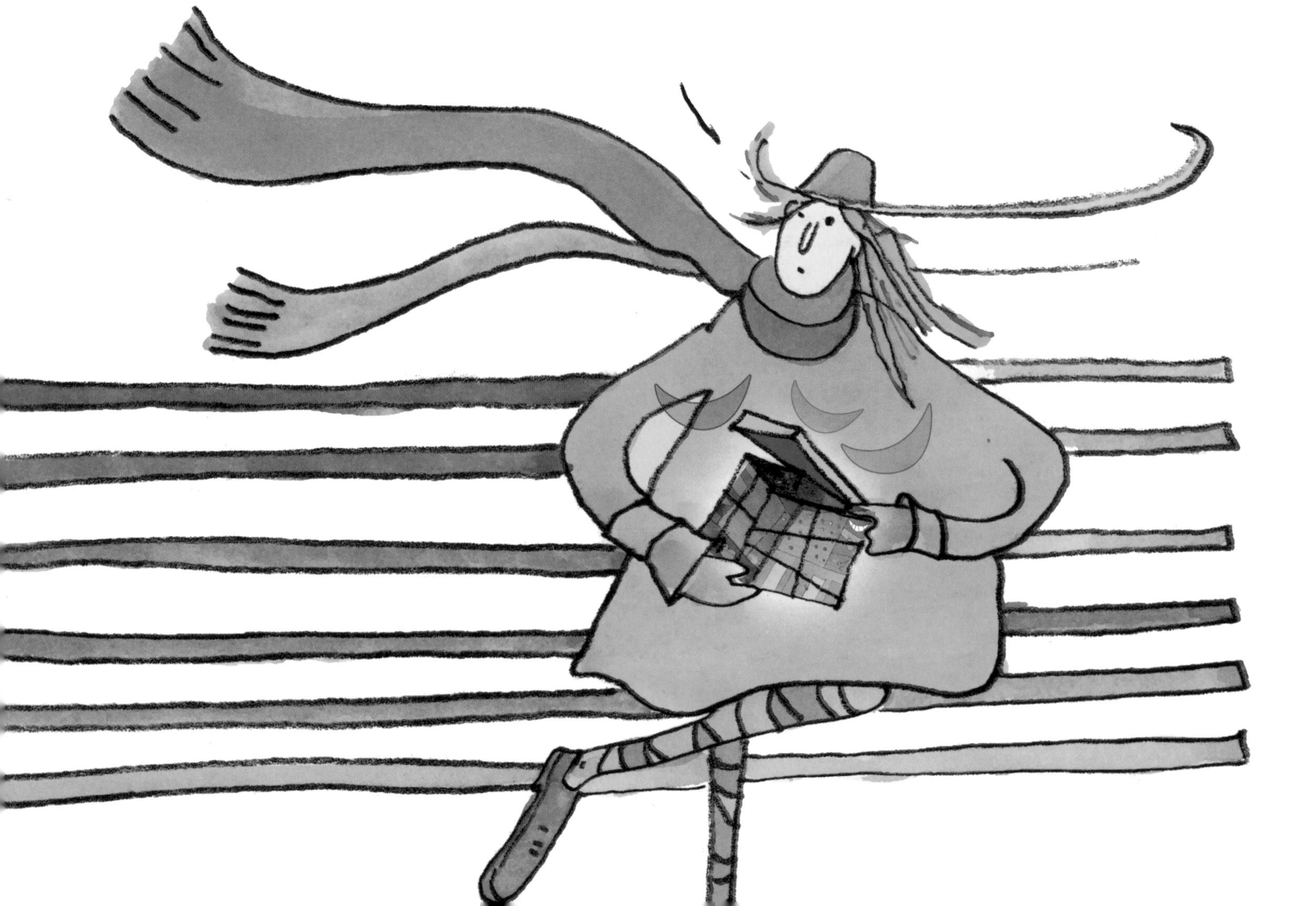

Inesperadamente, una de ellas saltó y se instaló en mi cara.

Las demás me sonrieron. Me asusté y cerré la caja, sin notar que yo estaba sonriendo también.

Luego volví a abrirla. Allí estaban ellas otra vez.

Sonrisas iluminando esa mañana de otoño en el andén.

Sentir una sonrisa dibujándose
en mi rostro fue una sensación
muy agradable.

Levanté la mirada y me sorprendió un señor que caminaba hacia mí.

Por un momento, pensé que era el dueño de la caja.
Él pasó a mi lado y me sonrió con cierta complicidad. Algo de misterio, algo que no pude dilucidar.

"¡Qué raro!", pensé.

Recobré la conciencia del tiempo y, con la caja entre mis manos como si fuera un tesoro, caminé deprisa hacia mi casa.

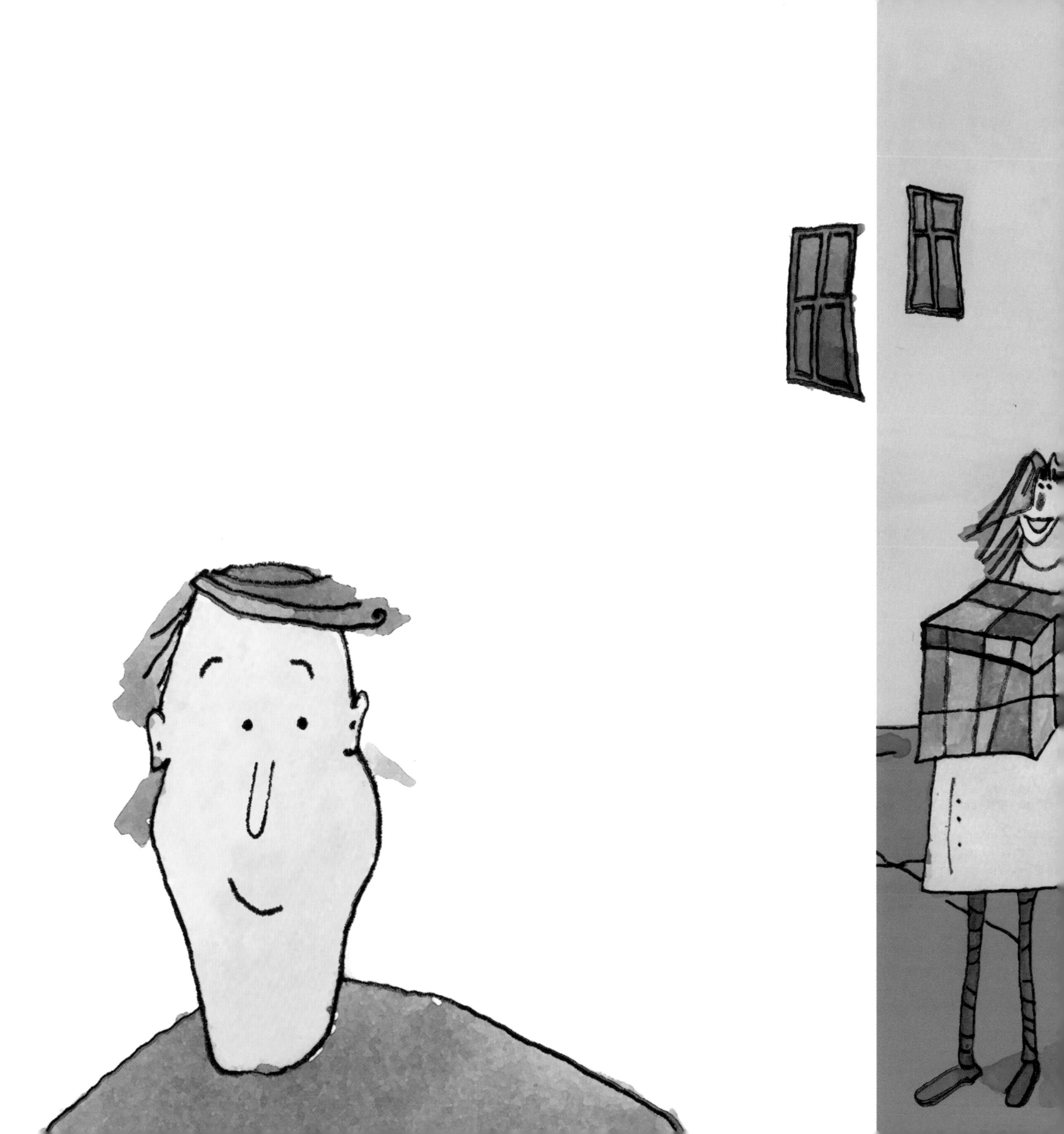

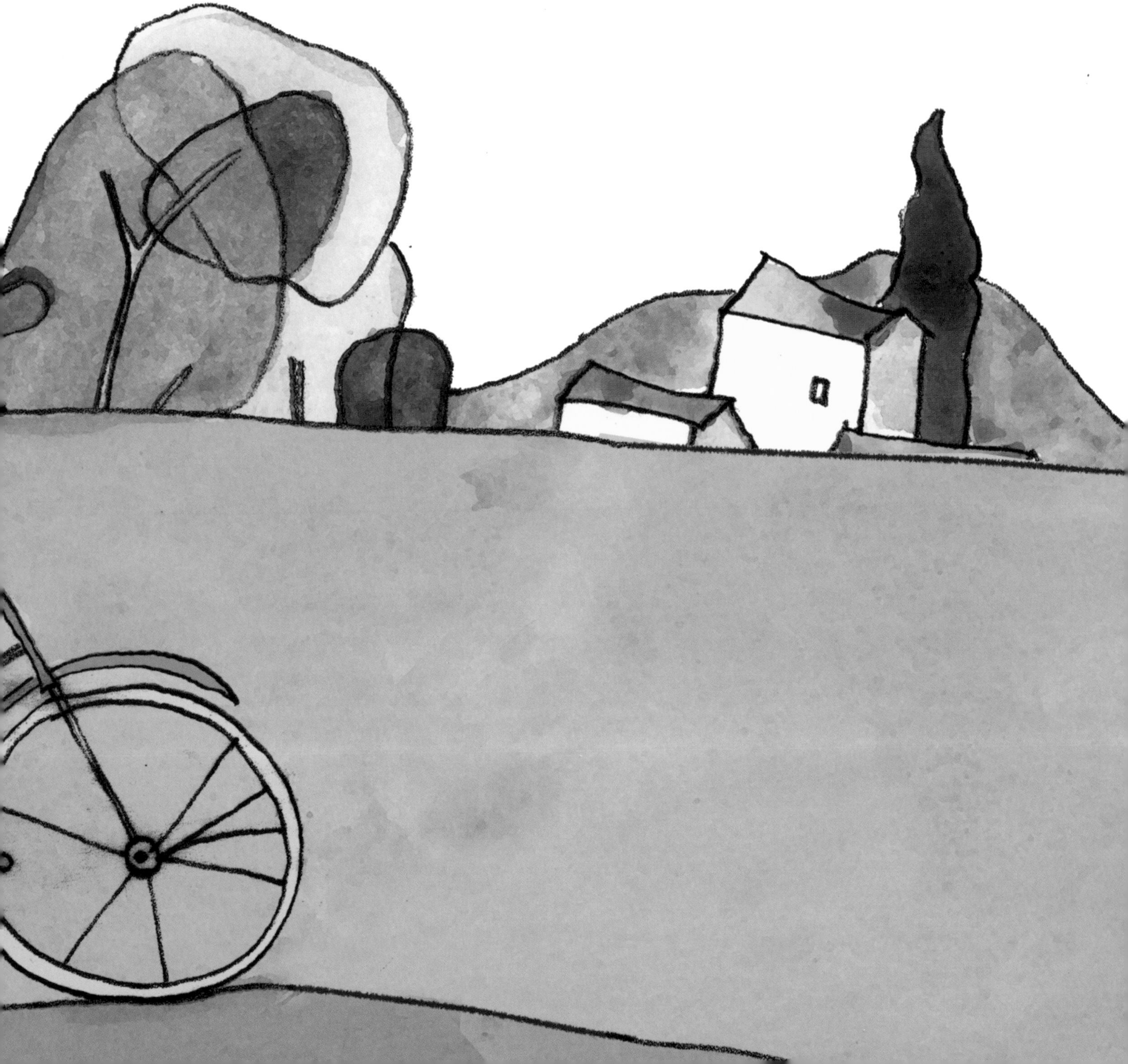

Capítulo dos

Al día siguiente, partí con mi tesoro en la mochila y un deseo enorme de compartir este secreto con mis amigos.
Los encontré en el parque.
Me acerqué, saludé y me sumé al grupo.

La conversación giraba en torno a algo que yo no terminaba de comprender, pero que definitivamente había generado un ambiente un tanto hostil y el disgusto de muchos.

De pronto, oí un sonido muy particular, proveniente de mi mochila.

Unos tímidos... Je Je Je

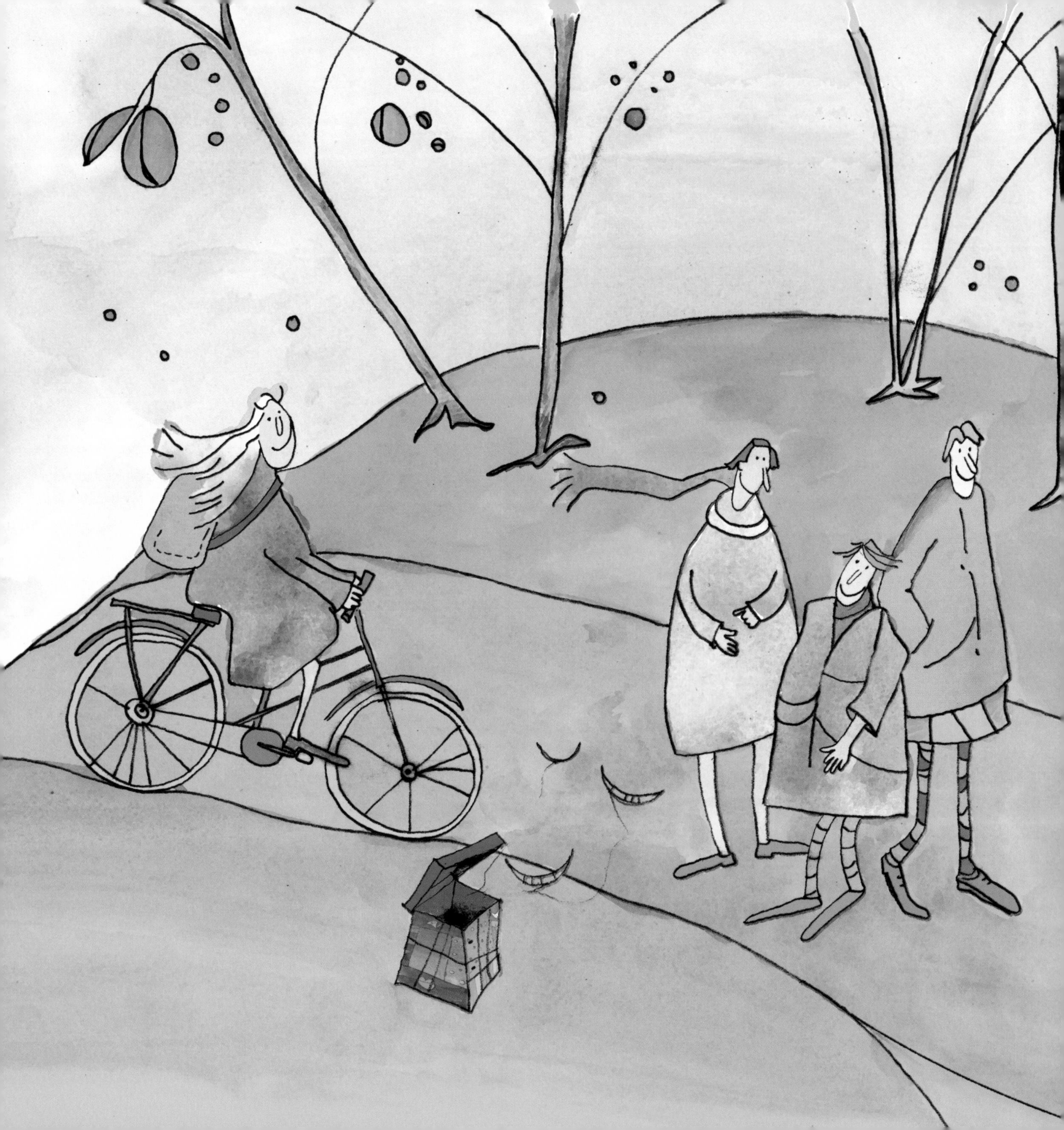

Sorprendida, abrí la mochila pensando en lo poco oportuno de esas risitas. Mis amigos seguían discutiendo y no las habían escuchado.

Tomé la caja, y sin saber muy bien lo que estaba haciendo, la coloqué en medio de todos.

A medida que su atención se volvía hacia la caja, sus voces disminuían o callaban, y los Je Je Je se oían más y más fuerte.

Finalmente la abrí y, como en un acto de magia, las miradas de mis amigos comenzaron a iluminarse mientras alegres sonrisas se pintaban en sus rostros, transformándolos.

Poco a poco, los tímidos je je je

fueron convirtiéndose en ja ja ja

para terminar en una contagiosa

carcajada

y ya nadie se acordaba de la discusión ni del mal humor de unos instantes atrás.

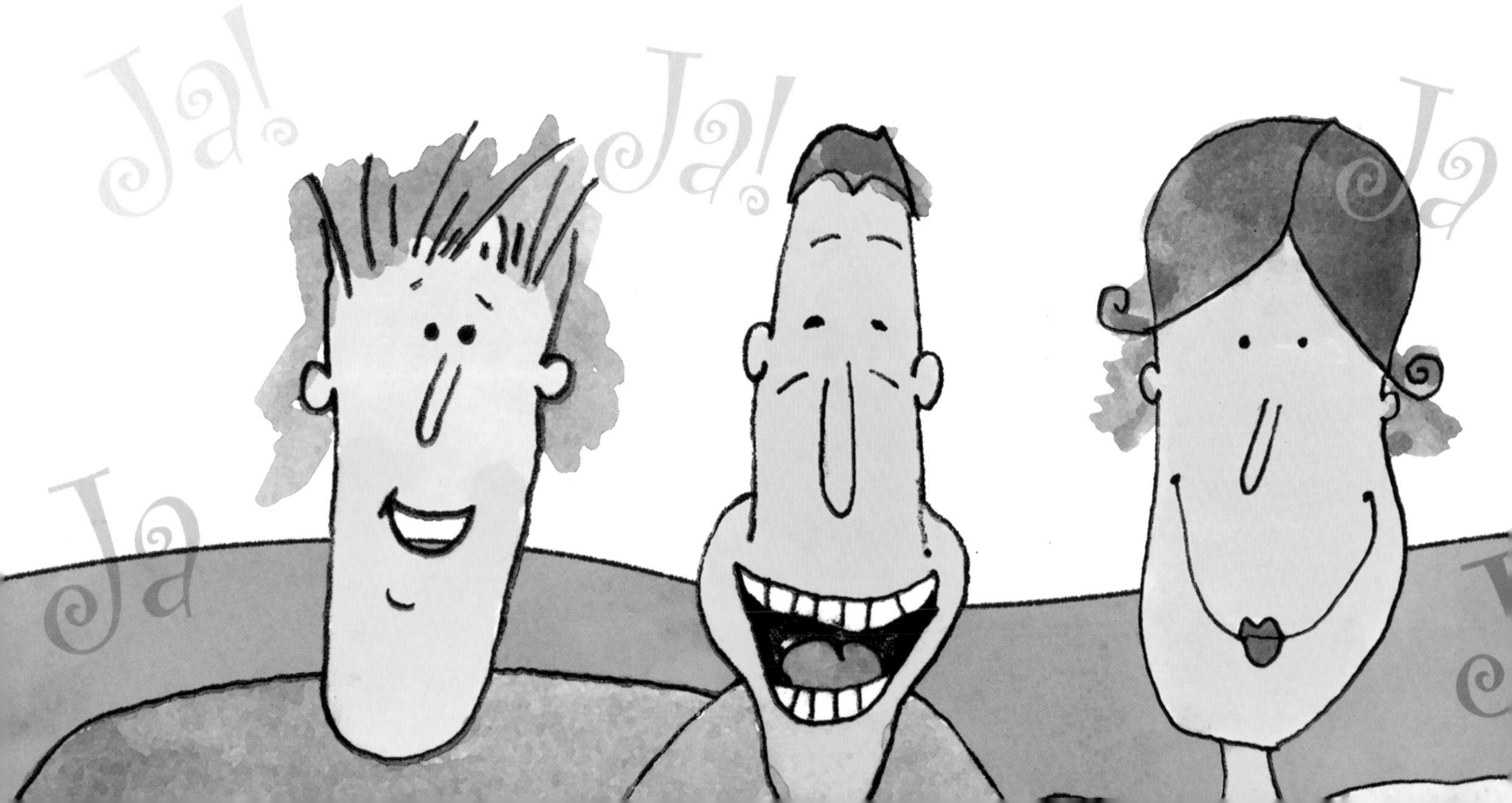
Ja!
Ja!
Ja
Ja

Aprovechando el momento de confusión, me levanté, tomé mi caja y partí dejándolos a ellos entre risas y alegres comentarios.
Me sentía feliz de verlos felices. Qué linda sensación, ese calorcito que se siente en el alma al compartir una sonrisa de corazón.

A partir de ese día, llevaba la caja conmigo a todas partes.

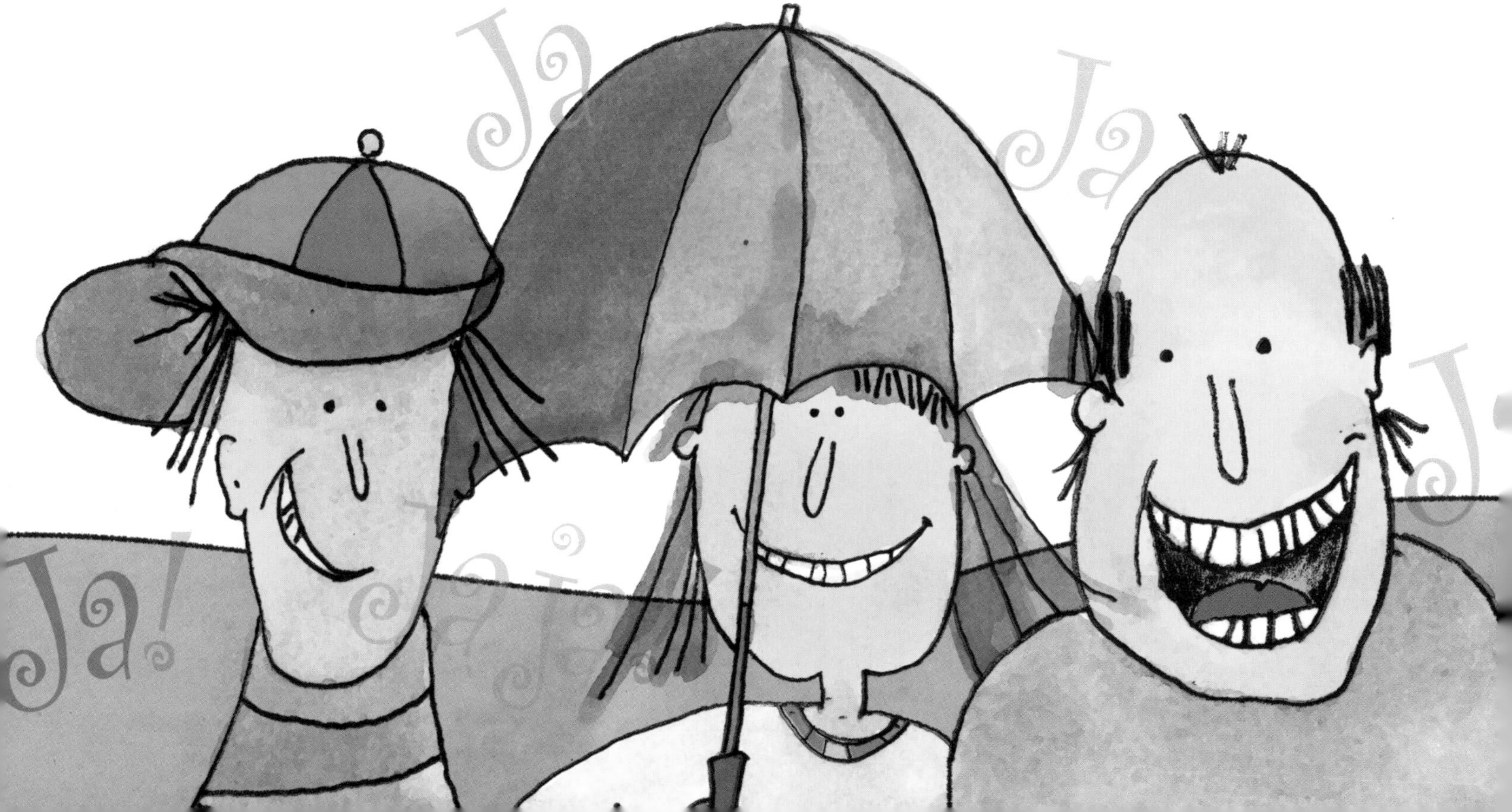
Ja
Ja
Ja!

Capítulo tres

Una mañana, muy temprano, yo viajaba en el autobús.

Detrás de mí, alguien bromeó y se oyó un jejeje.

No, no era un jejeje.

Era un jijiji.

Me volteé y vi a dos niñitas cuchicheando entre sí, que reían
muy despacito.

Mientras las miraba sentí que de mi mochila brotaba el mismo sonido,
Ji Ji Ji, como queriendo ser parte de las risas de las pequeñas.

La abrí y de ella salieron flotando un montón de sonrisas que fueron a
situarse en los rostros de los demás pasajeros que viajaban distraídos,
con caras aburridas o preocupadas.

Vi cómo sus ojos se iluminaban, y todos sonreían con alegría,
contagiándose unos a otros el buen humor.

Poco a poco... las tímidas sonrisas
fueron volviéndose risas
y luego carcajadas
que resonaban con estruendosos ¡JaJaJaJa!

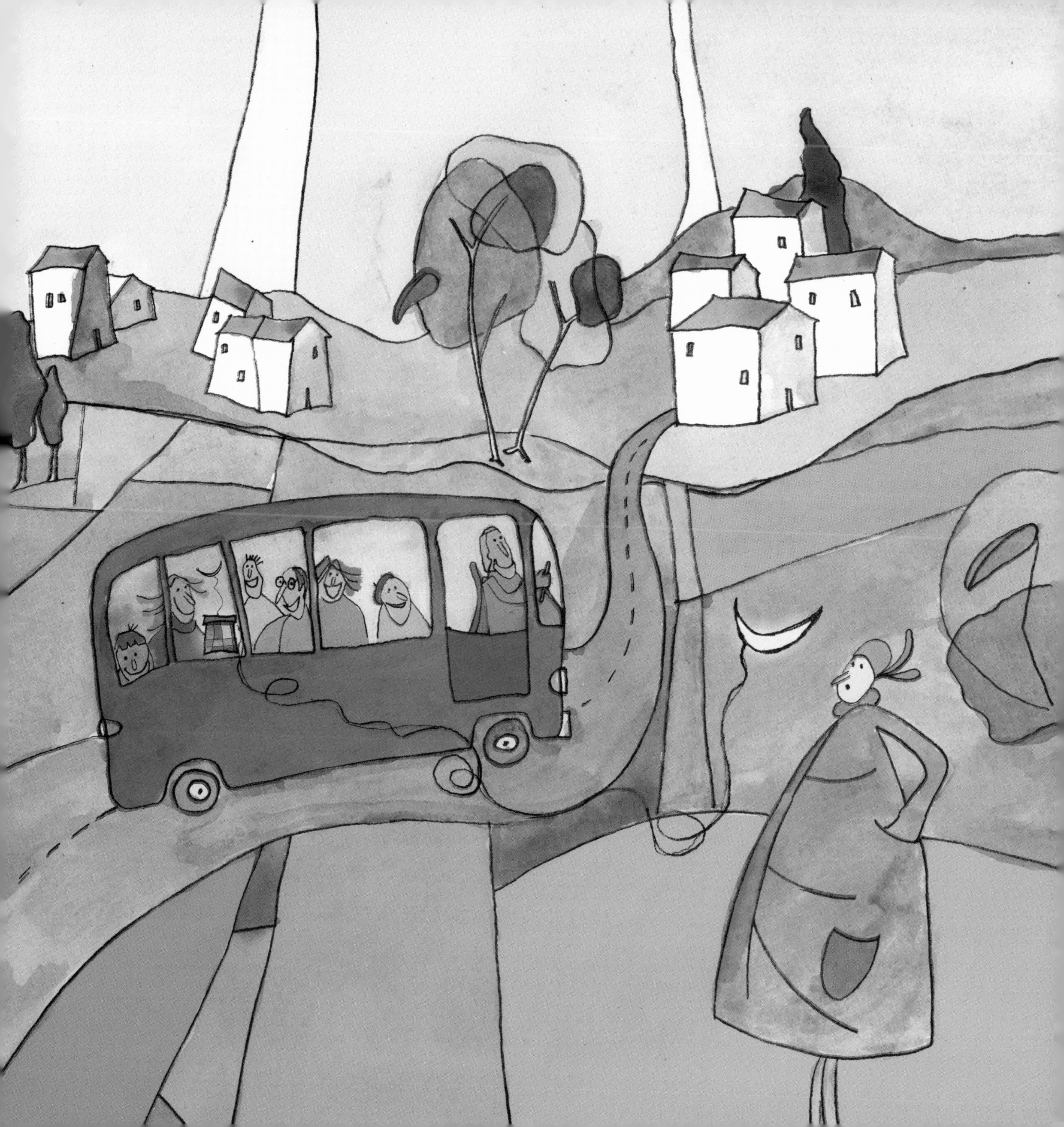

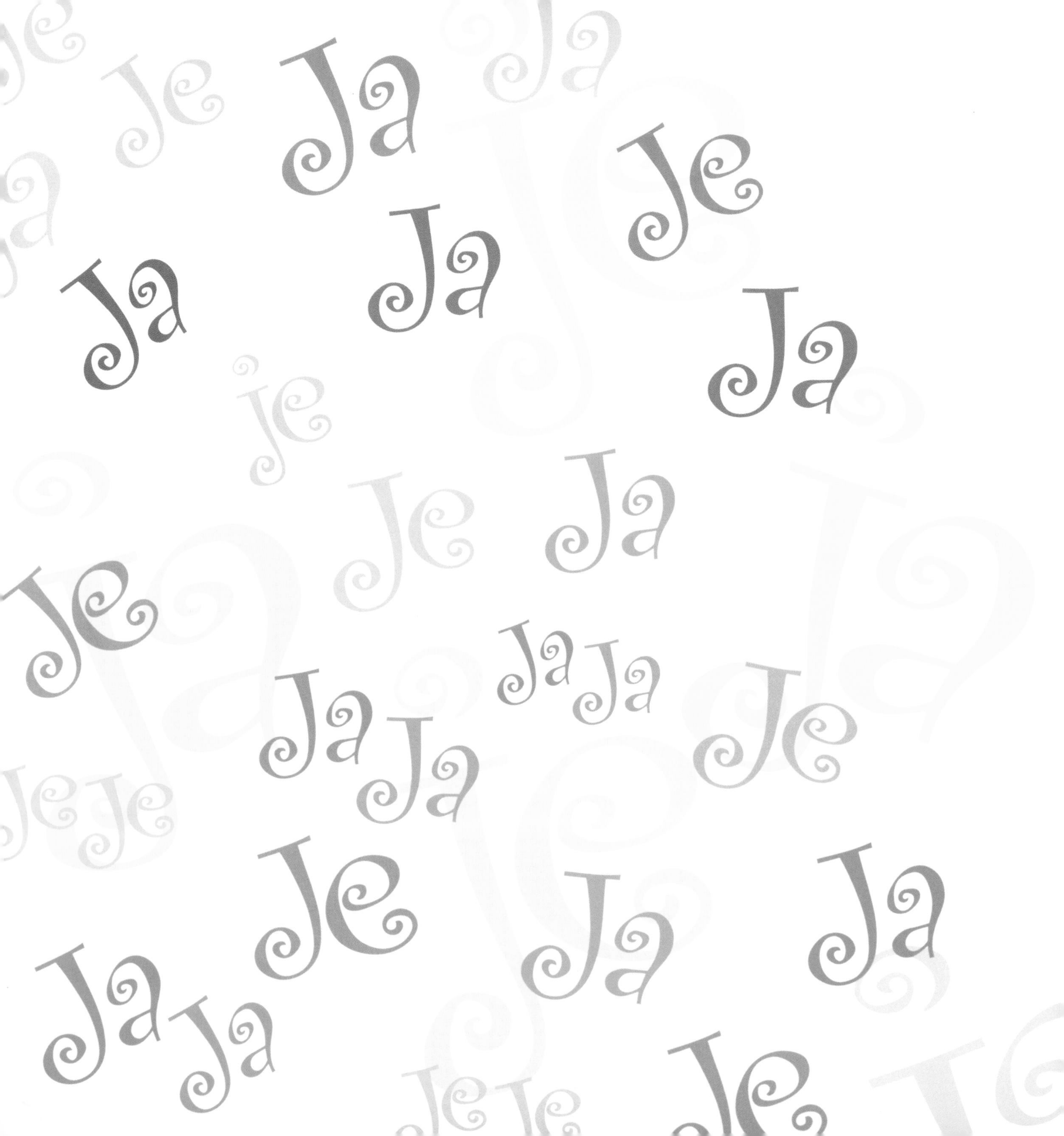
Ja Je
Ja Ja Je
Ja
Ja
Je Ja
Je
Ja Ja Ja Ja Je
Je Ja Ja
Ja Ja
Je

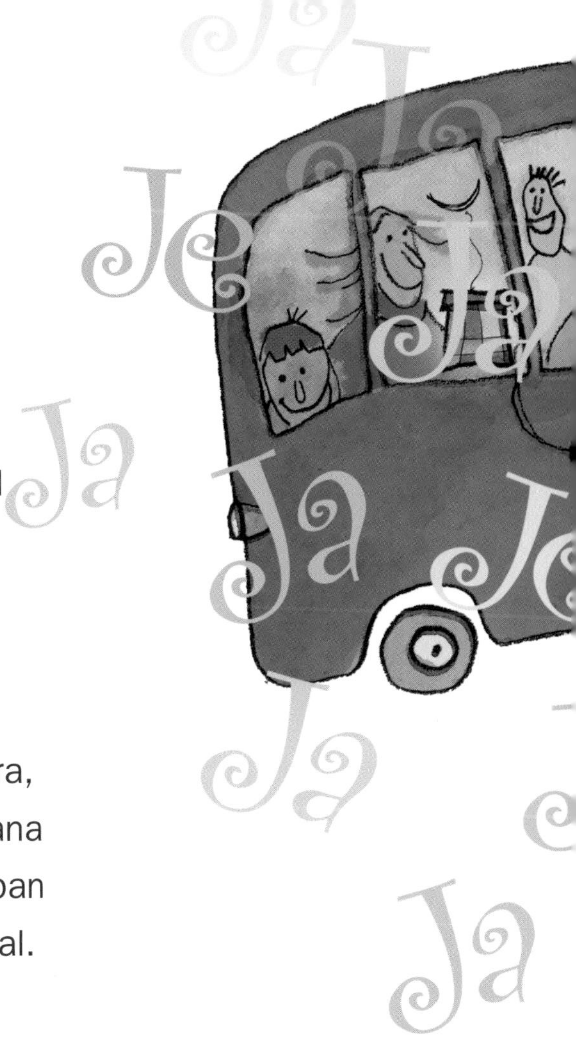
Ja
Je
Ja
Ja
Ja
Je
Ja
Ja

Tal fue el alboroto, que el conductor detuvo el autobús, pues él también reía tanto que no podía prestar atención al camino.

A nadie pareció importarle demasiado esta imprevista parada con su consecuente demora, pues todos estaban disfrutando de esa mañana de sol y sonrisas inesperadas que les colmaban el cuerpo con una energía nueva, muy especial.

Cerré mi mochila y bajé del autobús antes de que alguien notara el extraño suceso y comenzara a hacer preguntas.
Fue ese día cuando se me ocurrió algo.

Quise que las sonrisas de mi caja llegaran a más y más personas.

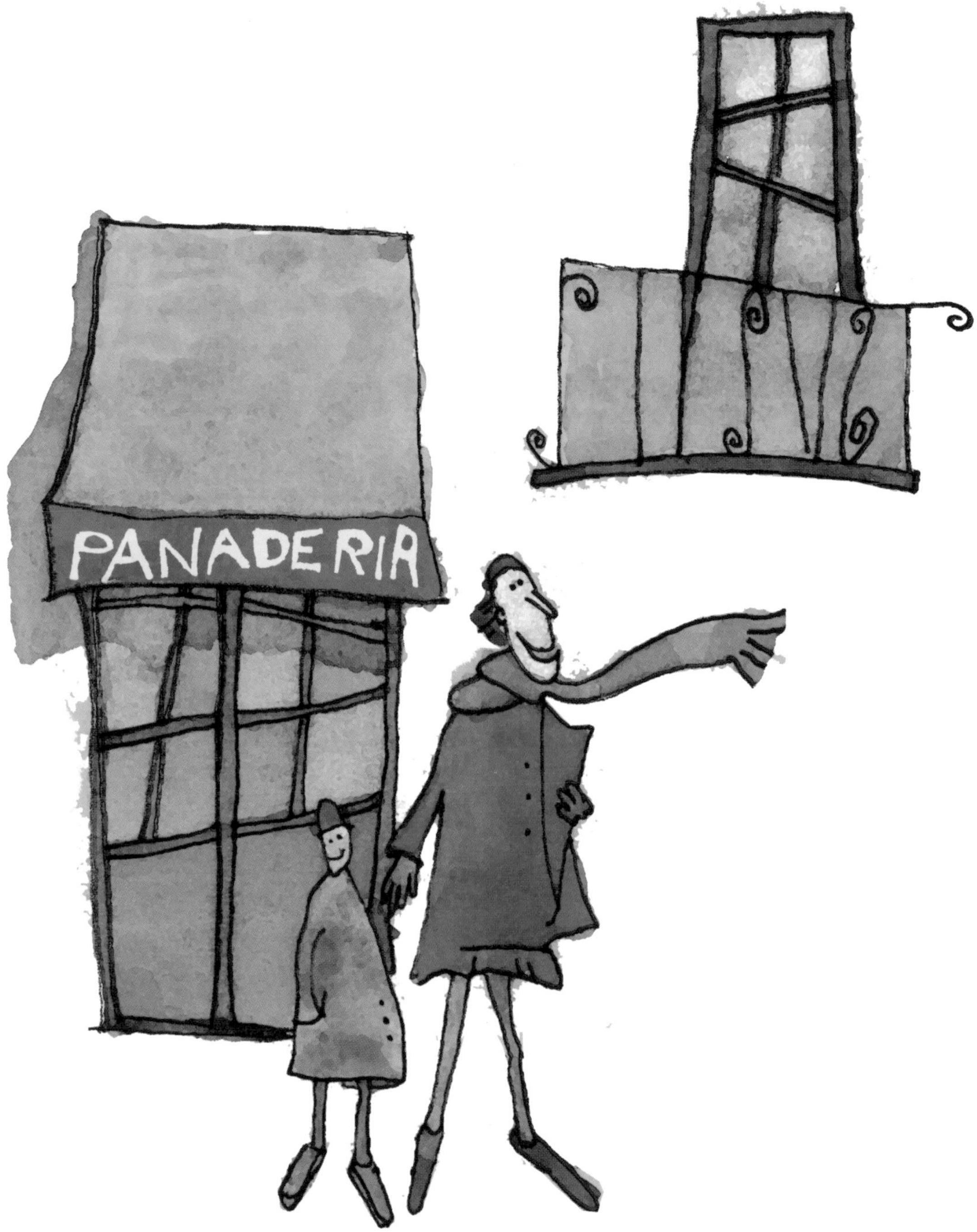
PANADERIA

Capítulo cuatro

Marché con mi mochila a visitar a mi
amigo Felipe, el panadero. Estaba en
la cocina y me invitó a pasar.
Mientras conversábamos se acercó
el ayudante, Tomás, con una enorme
bolsa de harina.

Tomás trastabilló y la bolsa, que era
muy pesada, se resbaló de sus manos
y al caer se rompió. La harina voló por
el aire transformando el lugar en una
nube blanca.

¡Increíble! Justo lo que yo necesitaba.

Me reí despacito. Je je je...

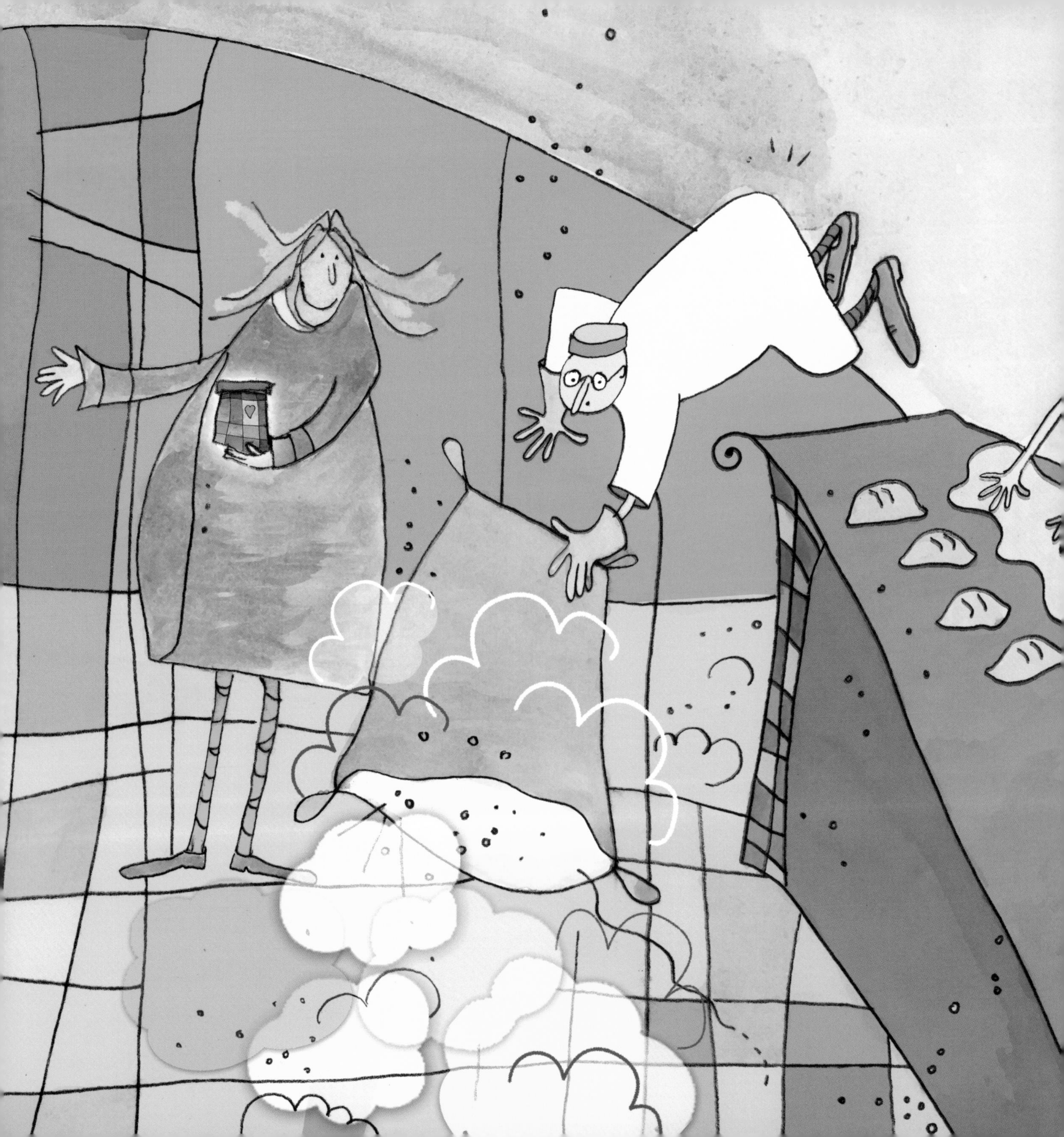

Las sonrisas de mi caja al oírme comenzaron a reír aún más fuerte.

je je je...
je je je...

Aproveché ese momento para llevar a cabo mi plan.
Abrí la mochila y dejé que salieran miles de sonrisas, que se mezclaron con la harina, el agua, la levadura y la sal.

Felipe, al ver a su ayudante cubierto de harina, rió también, pero él lo hizo con una estruendosa carcajada.

¡¡Ja ja ja!!
¡¡Ja ja ja!!

Y así, entre risas y carcajadas, continuaron haciendo bollos de pan.

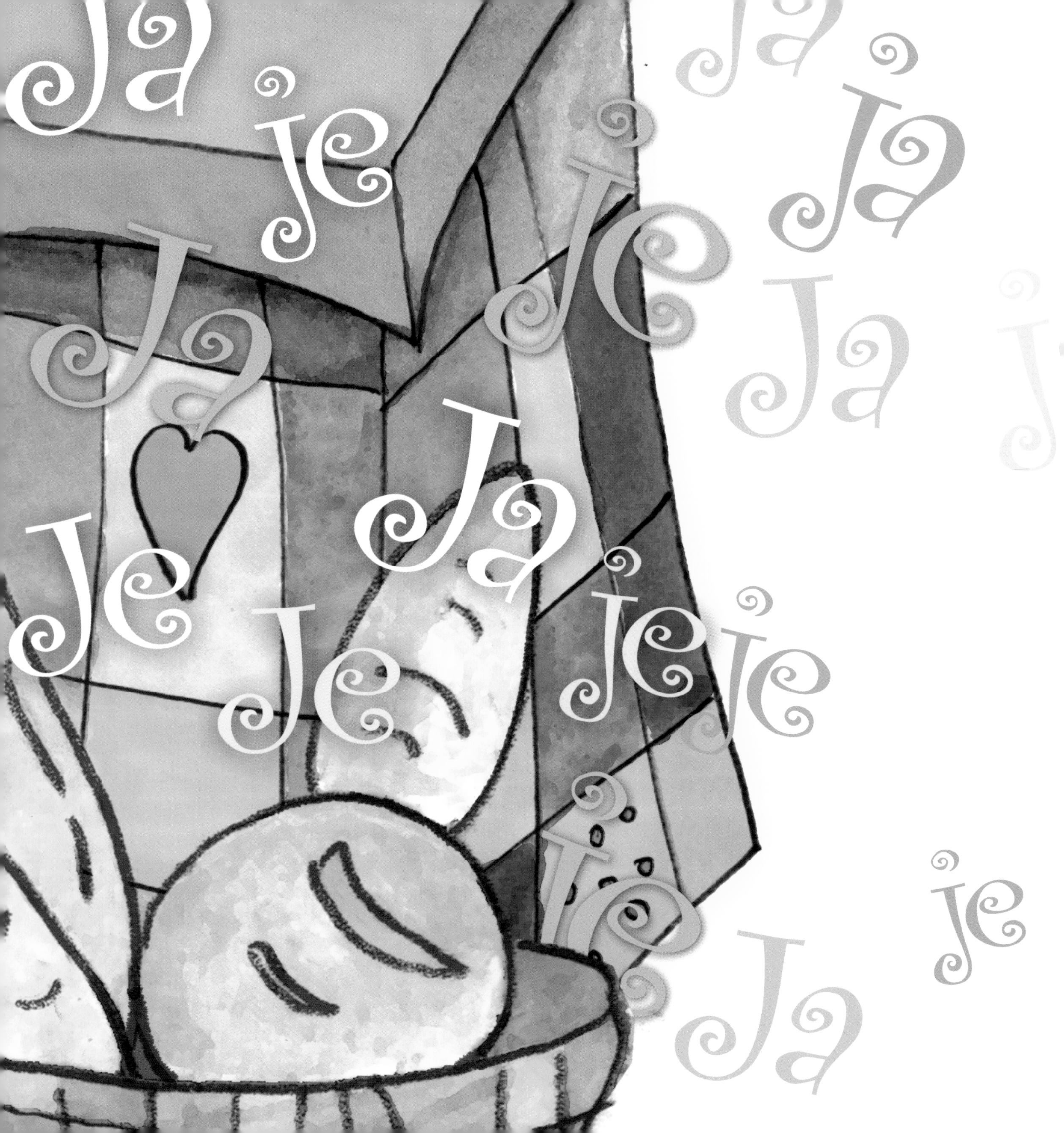
ja
ja
je
ja
je
ja
ja
ja
je
ja
je
je
je
ja
je

Aquella tarde, sucedió lo que nadie jamás pudo explicar: los clientes compraban pan y al probarlo comenzaban a sonreír.

Primero, tímidamente,

Ji ji ji...

luego

je je je...

para terminar finalmente todos contagiados por una estrepitosa carcajada

¡Jua! ¡Jua! ¡Jua!

La gente que pasaba por la calle se acercaba intrigada, entre tantas sonrisas que les despertaban el alma. Finalmente, la cuadra era una sola carcajada. Pura algarabía.

Nadie supo bien quién contagió tanta alegría en el barrio, pero la panadería de Felipe pasó a ser un lugar de encuentro de vecinos deseosos de vivir ese momento encantado.

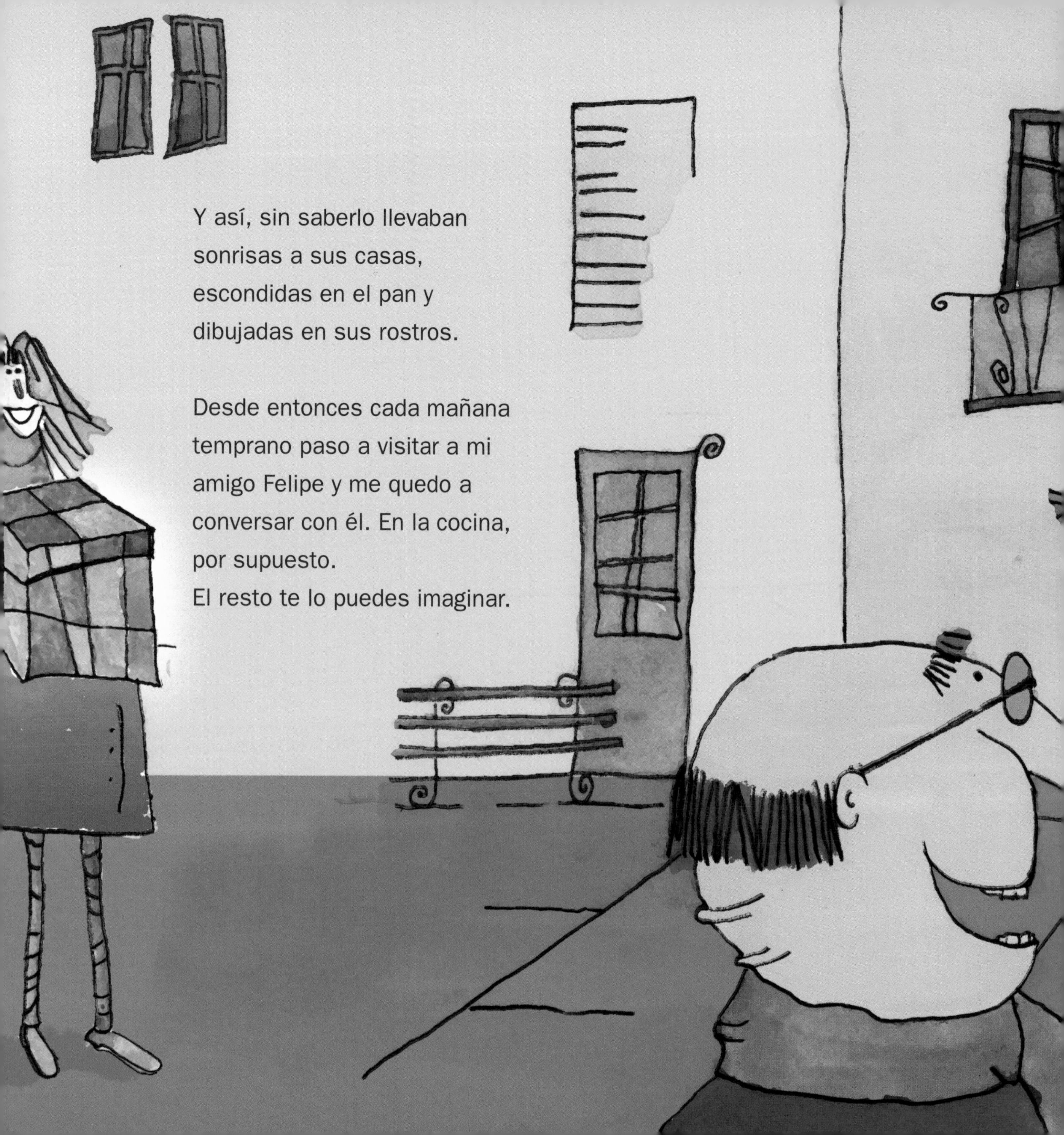

Y así, sin saberlo llevaban
sonrisas a sus casas,
escondidas en el pan y
dibujadas en sus rostros.

Desde entonces cada mañana
temprano paso a visitar a mi
amigo Felipe y me quedo a
conversar con él. En la cocina,
por supuesto.
El resto te lo puedes imaginar.

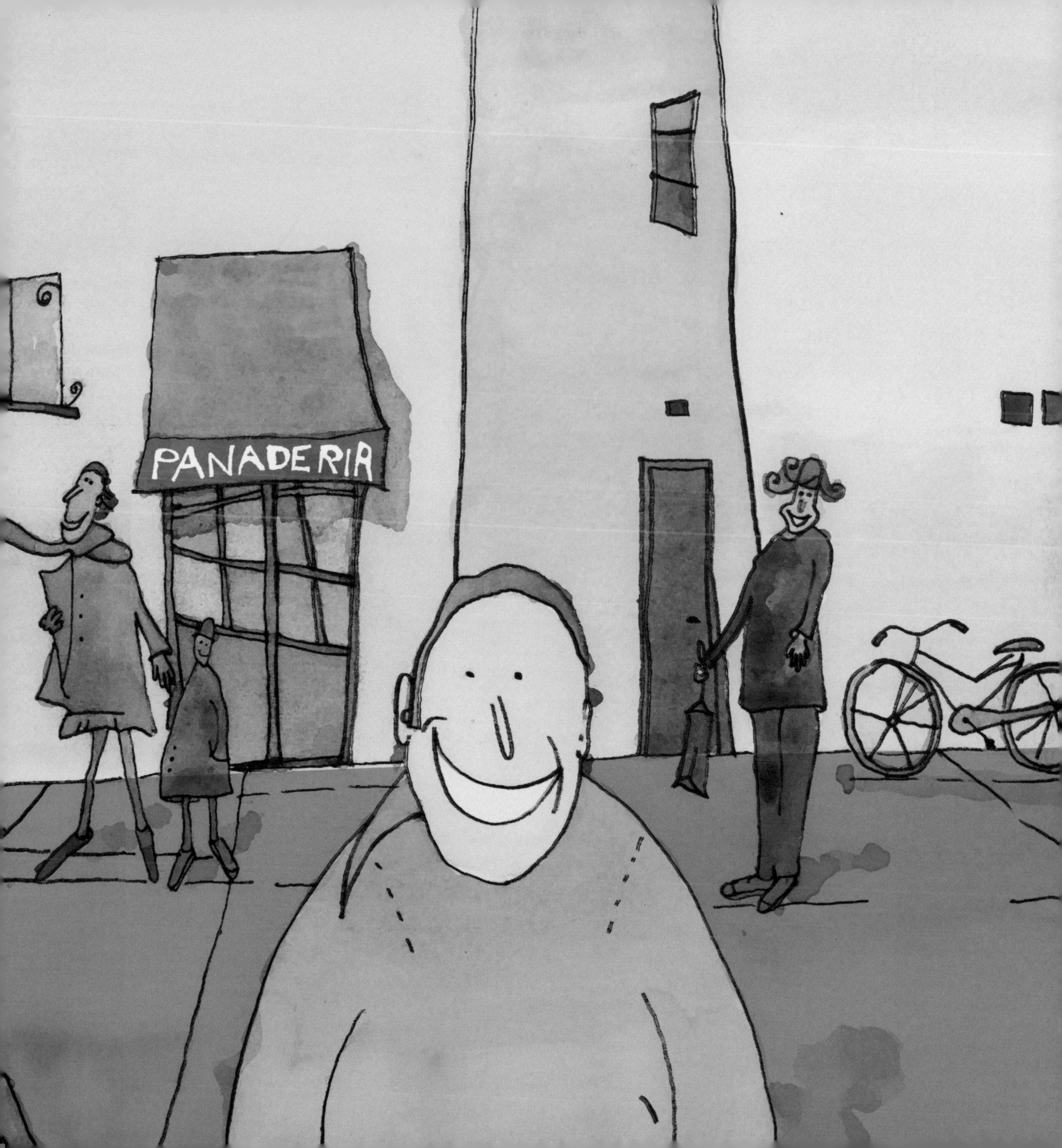
PANADERIA

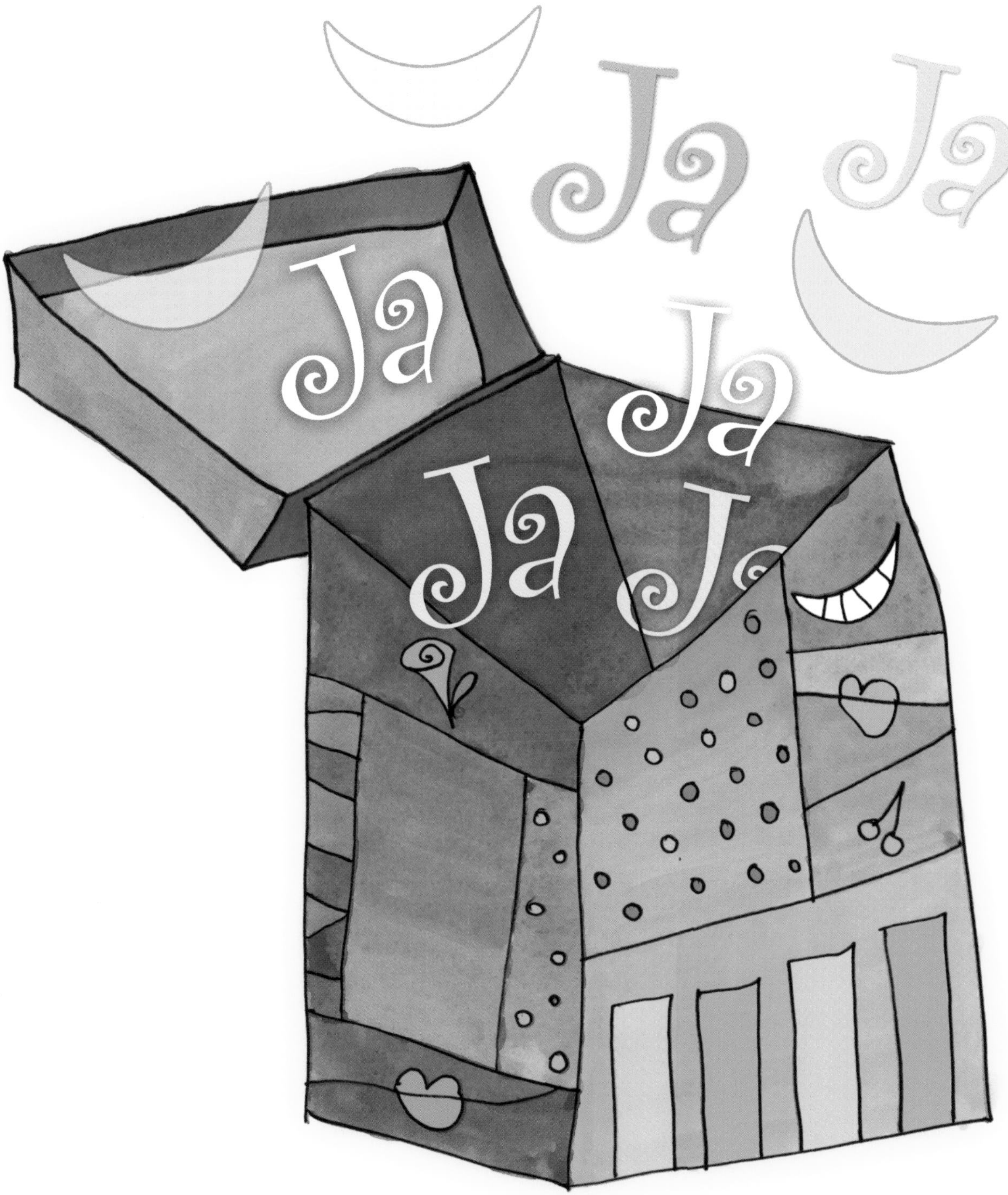
Ja
Ja
Ja
Ja
Ja
Ja

Capítulo cinco

Es muy lindo ver cómo sonreír cambia los colores
de cualquier alma gris.

Ahora sé que la gente que ha perdido la sonrisa
siempre la puede volver a encontrar.

*¿Has probado alguna vez transformarte en una
caja de sonrisas para los demás?*

Haz el intento, al menos con una sonrisa a la vez,
y verás cuántas cosas lindas te van a suceder.

Cada tanto recuerdo la primera sonrisa tímida,
aquel día en el andén.
Un hombre que nunca detuvo su andar me
la devolvió… jamás lo volví a cruzar, pero,
cada vez que lo recuerdo, se vuelve a alojar en mi
alma ese calor tan especial.

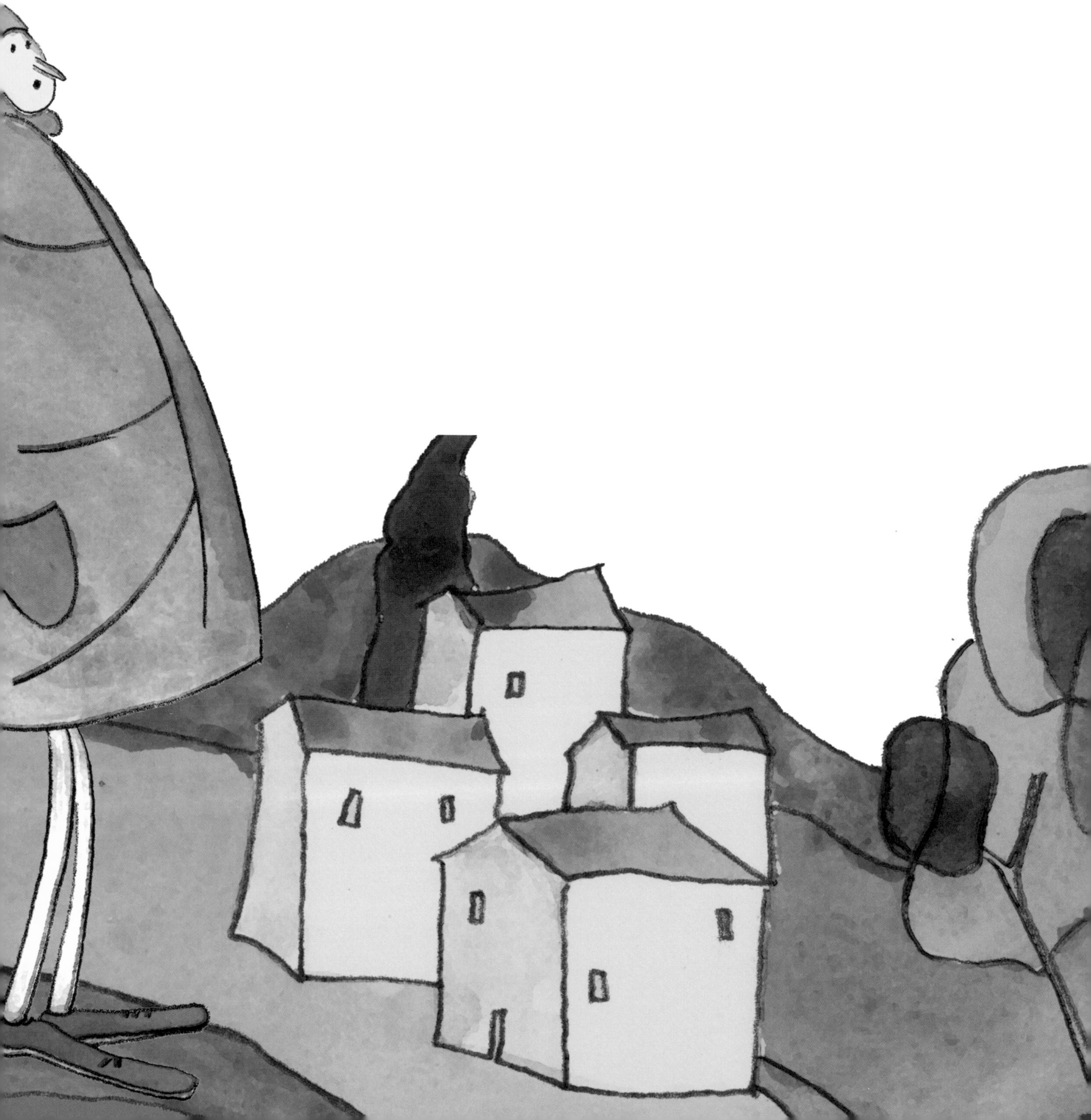

Hay veces que siento que debería dejar mi caja de las carcajadas en el mismo lugar donde hace un tiempo la encontré.

No es fácil deshacerme de ella.

Yo ya he podido comprobar la magia que trajeron las sonrisas a mi vida y a la de los demás.
Tal vez otro deba encontrarse con esta caja de carcajadas para contagiar a muchos más.

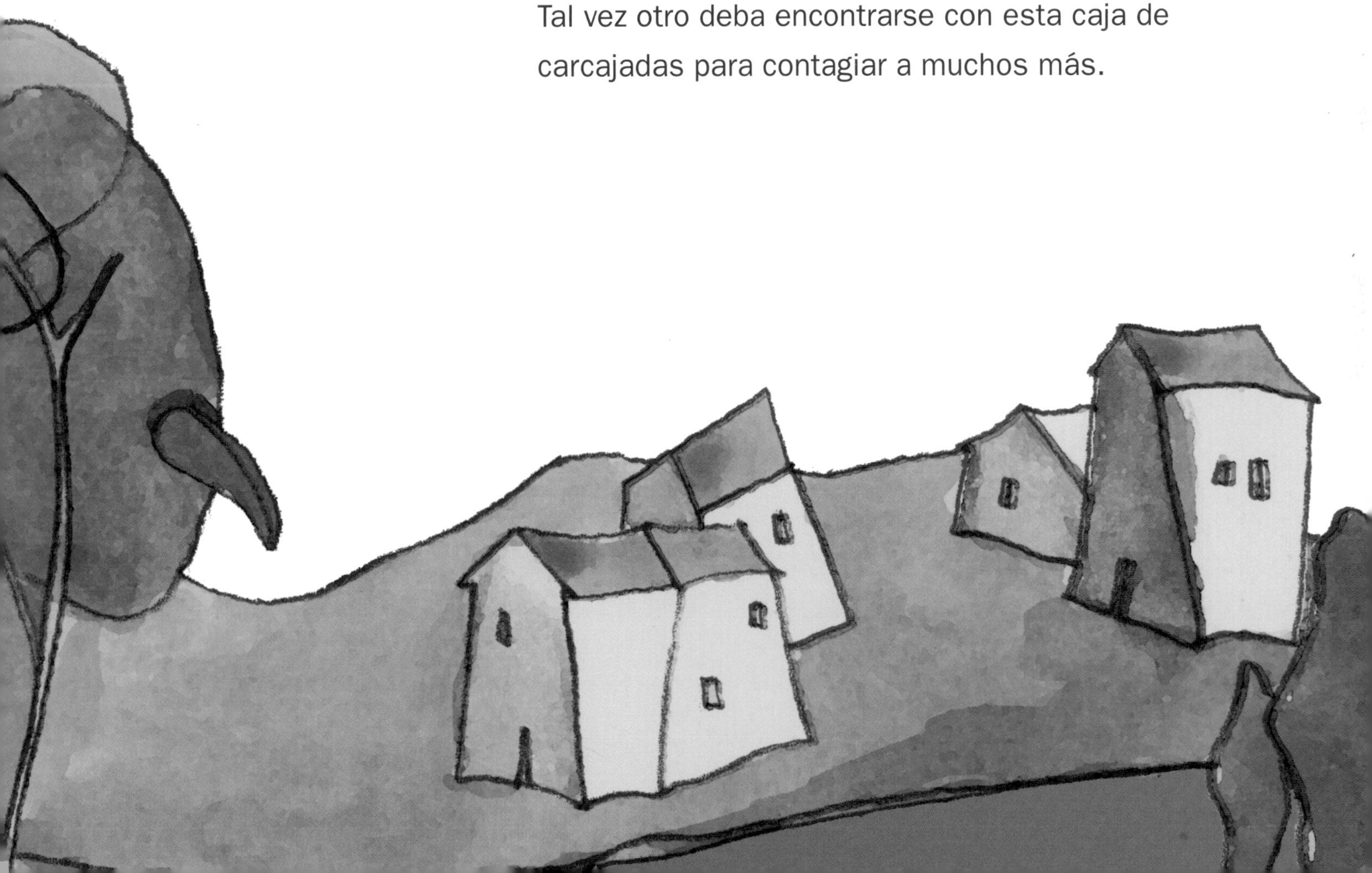

OTROS TITULOS

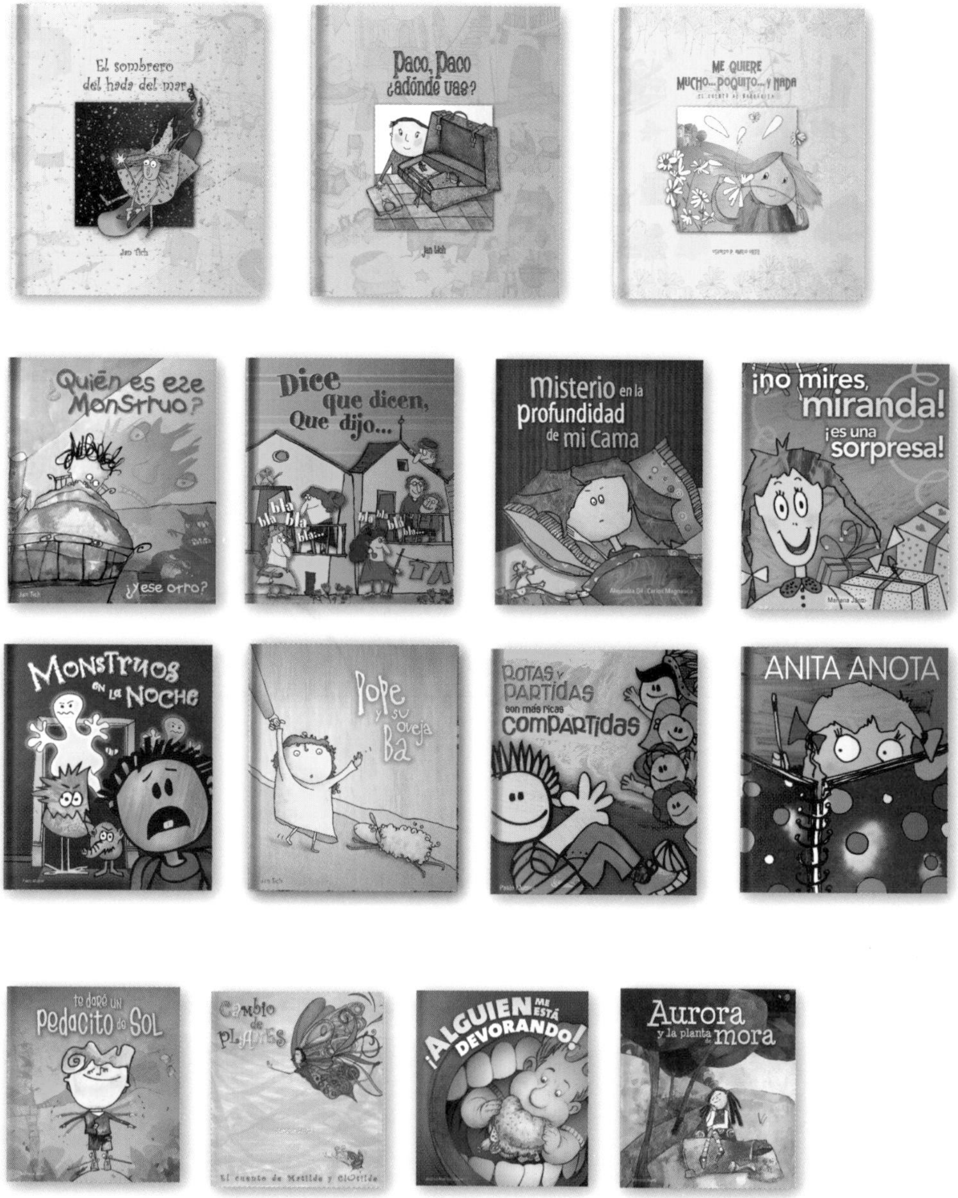
El sombrero del hada del mar
Paco, Paco ¿adónde vas?
Me quiere mucho... poquito... y nada
¿Quién es ese Monstruo?
¿Y ese otro?
Dice que dicen, Que dijo...
Misterio en la profundidad de mi cama
¡no mires, miranda! ¡es una sorpresa!
Monstruos en la Noche
Pope y su oveja Ba
Rotas y partidas son más ricas compartidas
ANITA ANOTA
te daré un pedacito de Sol
Cambio de planes
El cuento de Matilde y Clotilde
¡Alguien me está devorando!
Aurora y la planta mora

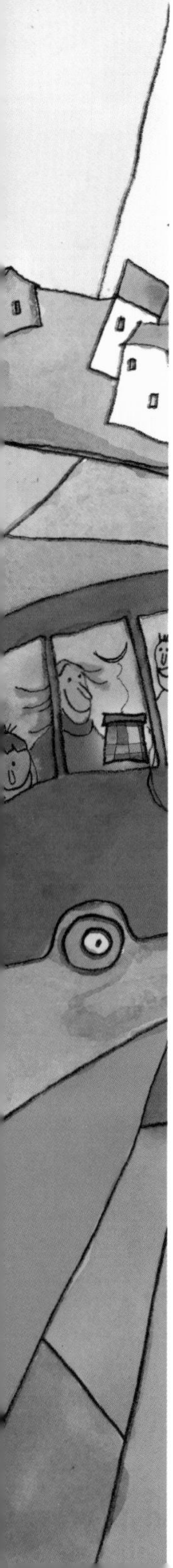

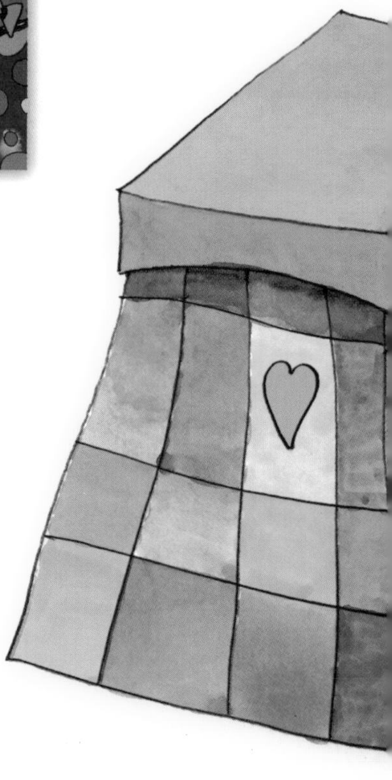

MÁS TÍTULOS, IDIOMAS
Y NOVEDADES EN

nicanitas

WWW.NICANITAS.COM

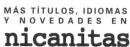